Tucholsky Wagner Zola Scott Sydow Freud Schlegel
Turgenev Wallace Fonatne

Twain Walther von der Vogelweide Fouqué Friedrich II. von Preußen
Weber Freiligrath Frey

Fechner Weiße Rose von Fallersleben Kant Ernst Frommel
Fichte Richthofen

Fehrs Engels Fielding Hölderlin Tacitus Dumas
Faber Flaubert Eichendorff

Feuerbach Maximilian I. von Habsburg Fock Eliasberg Zweig Ebner Eschenbach
Ewald Eliot Vergil

Goethe Elisabeth von Österreich London
Mendelssohn Balzac Shakespeare Dostojewski Ganghofer
Trackl Lichtenberg Rathenau Doyle Gjellerup
Stevenson Hambruch
Mommsen Tolstoi Lenz Droste-Hülshoff
Thoma von Arnim Hanrieder
Dach Verne Hägele Hauff Humboldt
Karrillon Reuter Rousseau Hagen Hauptmann Gautier
Garschin
Damaschke Defoe Hebbel Baudelaire
Descartes
Wolfram von Eschenbach Schopenhauer Hegel Kussmaul Herder
Bronner Darwin Dickens Rilke George
Melville Grimm Jerome
Campe Horváth Aristoteles Bebel Proust
Bismarck Vigny Voltaire Federer Herodot
Gengenbach Barlach Heine
Storm Casanova Tersteegen Grillparzer Georgy
Chamberlain Lessing Langbein Gilm Gryphius
Brentano Lafontaine
Strachwitz Claudius Schiller Kralik Iffland Sokrates
Katharina II. von Rußland Bellamy Schilling
Gerstäcker Raabe Gibbon Tschechow
Löns Hesse Hoffmann Gogol Wilde Gleim Vulpius
Luther Heym Hofmannsthal Klee Hölty Morgenstern
Roth Klopstock Goedicke
Luxemburg Heyse Puschkin Homer Kleist
La Roche Horaz Mörike
Machiavelli Kierkegaard Kraft Kraus Musil
Navarra Auriel Musset
Nestroy Marie de France Lamprecht Kind Kirchhoff Hugo Moltke
Nietzsche Nansen Laotse Ipsen Liebknecht
Marx Ringelnatz
von Ossietzky Lassalle Gorki Klett Leibniz
May vom Stein Lawrence Irving
Petalozzi Knigge
Platon Pückler Michelangelo Kafka
Sachs Poe Liebermann Kock Korolenko
de Sade Praetorius Mistral Zetkin

Der Verlag tradition aus Hamburg veröffentlicht in der Reihe **TREDITION CLASSICS** Werke aus mehr als zwei Jahrtausenden. Diese waren zu einem Großteil vergriffen oder nur noch antiquarisch erhältlich.

Symbolfigur für **TREDITION CLASSICS** ist Johannes Gutenberg (1400 — 1468), der Erfinder des Buchdrucks mit Metalllettern und der Druckerpresse.

Mit der Buchreihe **TREDITION CLASSICS** verfolgt tradition das Ziel, tausende Klassiker der Weltliteratur verschiedener Sprachen wieder als gedruckte Bücher aufzulegen – und das weltweit!

Die Buchreihe dient zur Bewahrung der Literatur und Förderung der Kultur. Sie trägt so dazu bei, dass viele tausend Werke nicht in Vergessenheit geraten.

Beim Weiden-Joseph

Johanna Spyri

Impressum

Autor: Johanna Spyri
Umschlagkonzept: toepferschumann, Berlin

Verlag: tradition GmbH, Hamburg
ISBN: 978-3-8424-7089-7
Printed in Germany

Ziel der TREDITION CLASSICS ist es, tausende deutsch- und
fremdsprachige Klassiker wieder in Buchform verfügbar zu
machen. Die Werke wurden eingescannt und digitalisiert. Dadurch
können etwaige Fehler nicht komplett ausgeschlossen werden.
Unsere Kooperationspartner und wir von tredition versuchen, die
Werke bestmöglich zu bearbeiten. Sollten Sie trotzdem einen Fehler
finden, bitten wir diesen zu entschuldigen. Die Rechtschreibung der
Originalausgabe wurde unverändert übernommen. Daher können
sich hinsichtlich der Schreibweise Widersprüche zu der heutigen
Rechtschreibung ergeben.

Text der Originalausgabe

Johanna Spyri

Beim Weiden-Joseph

Erzählung

1. Kapitel
Beim Weiden-Joseph

Wo schöne grüne Weidenhügel sich erheben, einer nach dem anderen, und zwischendurch die Taleinschnitte von schimmernden roten und blauen Sommerblumen bedeckt sind, liegt das Dörfchen Altkirch. Das saubere weiße Kirchlein mit dem roten Turm und die hölzernen Häuser ringsherum liegen vor allen Winden geschützt im grünen Grund. Denn hinter dem Dörfchen und von beiden Seiten steigen die Hügel empor, und nur die Vorderseite ist frei und offen. Diese schaut zu der grünen Höhe des Rechbergs hinüber, auf dessen Gipfel, von Wald umgeben, ein anderes Dorf mit seinen weißen, steinernen Häusern weithin schimmert. Wie die Höhe heißt es Rechberg.

Zwischen den Höhen rauscht der wilde Zillerbach dahin und bringt von seiner Fahrt aus den Bergen herunter viel Holz und Steingeröll in den trüben Wellen mit. Von Altkirch zum Rechberg hinüber führt eine Fahrstraße, die einen weiten Weg zu machen hat. Erst führt sie im Zickzack den Berg hinunter bis zum Zillerbach, dann über die alte, gedeckte Brücke und jenseits wieder im Zickzack hinauf bis zum Dorf Rechberg. Im ganzen wohl zwei Stunden lang.

Kürzer und viel lieblicher ist der schmale Fußpfad, der mitten über die Höhe hin zum Zillerbach hinunterführt, gerade auf den schmalen, hölzernen Steg zu, der hier über den reißenden Bach geht. Der Steg ist so schmal, daß nur eine Person auf einmal darüber gehen kann. Und es ist gut, daß auf beiden Seiten Seile gespannt sind, an denen man sich festhalten kann. Denn der leichtgebaute Steg zittert und schwankt bei jedem Schritt so sehr, daß den Wanderer ein ganz unsicheres Gefühl befällt.

Weit und breit ist kein Haus auf all den grünen Hügeln zu sehen. Nur auf dem letzten, von wo der Fußweg steil zum Bach hinuntergeht, steht eine einsame Kapelle. Sie schaut seit uralter Zeit auf das reißende Wasser und den so oft weggeschwemmten und wieder neuerrichteten Steg nieder.

In Altkirch leben viele arme Leute, denn es gibt dort wenig Arbeit. Die meisten Männer gehen als Tagelöhner auf die Bauernhöfe der Nachbarschaft. Einige besitzen selbst ein Fleckchen Erde, das sie bebauen. Nur zwei oder drei Bauern im Dörfchen haben so viel Land, um mehrere Kühe darauf halten zu können,

Eine der ärmsten Familien war die vom Weiden-Joseph in dem abgelegenen alten Häuschen, das am Fußweg zur Kapelle liegt und ganz allein steht. Das Häuschen wird fast ganz von den lang herabhängenden Zweigen eines uralten Weidenbaums zugedeckt. Der hat sich immer mehr ausgebreitet, bis er das Häuschen endlich ganz umschloß. Nach diesem Baum heißt der Besitzer der Weiden-Joseph. Er hatte immer in dem Häuschen gewohnt, denn es war schon seines Vaters Besitz gewesen, der darin uralt geworden war. Jetzt war der Weiden-Joseph selbst ein alter Mann geworden und lebte in dem Häuschen mit seiner alten, seit langer Zeit kranken Frau und seinen zwei Enkelkindern.

Der Weiden-Joseph hatte einen einzigen Sohn, den Sepp, der immer ein gutmütiger, aber ein wenig leichtsinniger und unsteter Mensch gewesen war. Wo er sich jetzt aufhielt, wußten die alten Eltern selbst nicht, schon seit sechs Jahren war er fort von daheim und hatte während der Zeit wenig von sich hören lassen.

Der Sepp hatte sehr früh geheiratet, und die Eltern freuten sich darüber, denn die Frau war die fleißige, brave Konstanze, die von allen Leuten gern gesehen wurde. Sie sah auch gut aus und hielt alles schön in Ordnung im Häuschen ihres Mannes. Der Weiden-Joseph und seine Frau verlebten friedliche Tage, so lange die Tochter Konstanze im Haus war. Sie arbeitete von früh bis spät und ließ es den Eltern an nichts fehlen. Sie sagte, Vater und Mutter müssen nun ausruhen, sie haben genug getan. Sie und ihr Sepp seien nun da, um den Alten noch ein paar geruhsame Tage zu machen.

Der Sepp ging täglich auf die Arbeit zu dem großen Hof jenseits der Ziller hinüber und brachte am Samstag ein schönes Stück Geld heim. Es war alles so zur Zufriedenheit geregelt, daß auch der Sepp ein ausgeglichener Mensch wurde und nichts wünschte, als so weiterzuleben.

Drei Jahre gingen in ungetrübtem Frieden so dahin, und der alte Pater Klemens, der in dem langen, alten Haus hinter Altkirch wohnte und oft ins Häuschen des Weiden-Joseph eintrat, sagte oftmals: »Joseph, bei Euch ist gut wohnen, da hört man kein böses Wort. Haltet Eure Konstanze in Ehren!« Und seine gutmütigen Augen leuchteten vor Freude, wenn die Konstanze, so sauber und ordentlich wie sie immer war, hereintrat und ihn mit ihrer fröhlichen Stimme willkommen hieß. Auch das kleine Stanzeli auf ihrem Arm streckte schon von weitem dem Pater Klemens das Händchen entgegen. Dann sagte er noch einmal: »Ja gewiß, bei Euch ist gut wohnen, Joseph.«

Als das Stanzeli fast zwei Jahre alt war, kam der kleine Seppli auf die Welt. Das war eine große Freude für alle. Aber bald danach geschah das Traurigste, das dem Haus des Weiden-Joseph widerfahren konnte. Die Konstanze starb ganz plötzlich und hinterließ eine Lücke, die nicht mehr auszufüllen war. Von der Zeit an lief der Sepp herum wie einer, der keinen Sinn mehr im Leben sieht. Sein unruhiges Wesen kehrte wieder zurück. Er konnte am Sonntag nicht mehr daheim bleiben, wie er es früher so gern getan hatte. Es trieb ihn immer weiter fort, und zuletzt meinte er, wenn er woanders Arbeit suchen könnte, werde es wieder besser mit ihm werden.

Er versprach, den Eltern von Zeit zu Zeit etwas Geld zu schicken für ihren und der Kinder Unterhalt. Dann ging er fort. Eine Zeitlang hielt er sein Versprechen und schickte seine Beiträge. Dann kam kein Geld mehr, und seit sechs Jahren wußten sie weder, wo er sich aufhielt, noch ob er überhaupt noch lebte. Unterdessen waren die beiden Alten immer gebrechlicher und ärmer geworden.

Der einzige, geringe Erwerb, der ihnen geblieben war, bestand darin, daß der Großvater aus den Weidenzweigen Körbchen flocht. Jeden Freitag gab er sie dem Käsehändler mit, der seine Käse auf den Markt in die Stadt trug. Viel nahm der Großvater nicht ein für seine Arbeiten, und die Großmutter mußte jedes Stückchen Brot genau einteilen, daß man von einem Tag zum anderen leben konnte.

So war das Stanzeli bald neun, der Seppli sieben Jahre alt geworden, und Stanzeli mußte jetzt dem Großvater schon viel bei der Arbeit helfen, denn seit mehr als vier Monaten lag die Großmutter krank darnieder und konnte gar nichts mehr tun. So mußten der Großvater und das Stanzeli zusammen täglich das Kochen besorgen, das zwar nicht sehr viel Zeit beanspruchte, denn es wurde nichts anderes gekocht, als Maisbrei und Kartoffeln. Und dann und wann ein wenig Kaffee. Aber sie mußten gemeinsam das Essen bereiten, denn das Stanzeli war noch zu klein, um die Pfanne hin und her zu heben. Und der Großvater kannte sich nie bei den Zutaten aus, das wußte dann das Stanzeli genau.

So arbeiteten sie immer miteinander in der Küche, und gewöhnlich stand der Seppli dann auch in dem kleinen Raum, wo die zwei sich kaum bewegen konnten. Er war einmal dem einen und einmal dem anderen im Wege, und sperrte ganz weit seine Augen auf in Erwartung der herrlichen Dinge, die da zubereitet wurden. Und weder der Großvater noch das Stanzeli versuchten, den Seppli aus der kleinen Küche zu schicken. Sie wußten genau, daß er zwei Minuten später wieder da war, denn der Seppli hatte in manchen Sachen eine unbeschreibliche Beharrlichkeit.

Eine schöne, warme Septembersonne schimmerte draußen über den grünen Hügeln um Altkirch. Eben fielen einige Strahlen davon durch die trüben Fensterscheiben auf das Bett der Großmutter.

»Ach Gott!« seufzte sie, »scheint auch die Sonne noch? Wenn ich doch auch einmal wieder hinaus könnte. Aber ich wollte ja noch stillhalten, wäre das Bett nur nicht so hart wie Holz, und im Kissen sind fast keine Federn mehr. Und wenn ich erst an den Winter denke, wenn ich so daliegen muß auf dem harten Sack und unter dem dünnen Decklein und ohne ein rechtes Kissen. Ich muß ja erfrieren, es ist mir ja jetzt schon kalt.«

»Du mußt dich nicht schon jetzt um den Winter sorgen«, sagte der Großvater beschwichtigend. »Unser Herrgott wird ja dann auch noch am Leben sein. Er hat uns schon manchmal in der Not geholfen, das darfst du nicht vergessen. Was meinst du, wenn wir dir ein wenig Kaffee machten, damit es dir warm würde?«

Die Großmutter wollte gern ein Täßchen Kaffee trinken, und der Großvater machte die Küchentür auf. Sie lag unmittelbar neben der Stube, in der das Bett der Großmutter stand. Ein kleines Treppchen hinter dem Ofen führte in die Schlafkammer hinauf, wo der Großvater mit den Kindern schlief. Er winkte jetzt Stanzeli, daß es mitkomme, und gleich lief ihr auch der Seppli nach, denn er mußte zusehen, wenn etwas Eßbares bereitet wurde. Draußen nahm der

Großvater einen Kessel vom Gestell herunter und goß Wasser hinein. Dann sagte er: »Stanzeli, was kommt jetzt zuerst?«

»Zuerst muß ich jetzt Kaffeebohnen mahlen«, berichtete das Kind und setzte sich gleich mit der alten Kaffeemühle auf den Schemel und drehte mit aller Kraft. Aber irgend etwas stimmte mit der Mühle nicht, es untersuchte sie und zog endlich unten das Schublädchen sorgfältig hervor. Da lagen, anstatt des schönen Pulvers, große Brocken, fast halbe Kaffeebohnen darin. Das Stanzeli hob mit Schrecken das Lädchen zum Großvater empor und zeigte ihm das Unheil. Er besah sich den Schaden und sagte beruhigend: »Mußt nur keinen Lärm machen, daß es die Großmutter nicht hört, sonst jammert sie und meint, nun könne sie keinen Kaffee mehr trinken. Aber wart nur ein wenig.«

Damit ging der Großvater hinaus und kam bald wieder zurück mit einem großen Stein in der Hand. Damit zerschlug und zerrieb er die Kaffeebohnen auf einem Papier und dann schüttete das Stanzeli das grobe Pulver in den Kessel hinein. Als aber bald darauf die Großmutter ihr Täßchen in die Hand bekam, rief sie klagend aus: »O weh! O weh! Da schwimmen die großen Körner oben auf, die Kaffeemühle ist zerbrochen. Oh, wenn sie nur noch bis zu meinem Tod gehalten hätte, wir können keine neue mehr kaufen.«

Aber der Großvater sagte in besänftigendem Ton: »Du mußt dich nicht kränken deswegen, mit Geduld ist manches in Ordnung zu bringen.«

»Ja schon, aber keine Kaffeemühle«, jammerte noch einmal die Großmutter.

Das Stanzeli und der Seppli bekamen auch jedes ein Täßchen voll Kaffee und einige Brocken Kartoffeln dazu. Brot aßen sie nur am Sonntag jedes ein Stückchen. Dann holte der Großvater seine Körbchen herbei, die er fertig geflochten hatte. Er band immer ein paar davon mit einer Schnur zusammen und gab jedem der Kinder ein solches Bündelchen von kleinen Körbchen in die Hand. Dann ließ er sie damit weggehen und ermahnte sie noch, nicht zu spät nach Hause zu kommen. Sie wußten schon, wohin sie mit den Körben mußten, denn sie hatten alle paar Wochen einmal dem Käsehändler eine solche Sendung zu überbringen. Dieser wohnte weit vom Dörfchen entfernt. Man mußte über die Hügel gehen, an der Kapelle vorbei bis zum Wald hinauf, dort stand seine Hütte.

Die Kinder zogen nun miteinander aus. Da das Stanzeli immer ganz gewissenhaft seinen Weg fortsetzte, so mußte der Seppli auch mit, wenn er auch gern etwas stillgestanden wäre und dies und jenes betrachtet hätte. Erst als sie an die Kapelle kamen, blieb das Stanzeli stehen und sagte: »Leg die Körbe hier auf den Boden, Seppli, wir müssen jetzt in die Kapelle hinein und ein Vaterunser beten, so lange können sie hier liegen bleiben.«

Aber der Seppli war störrisch.

»Ich will nicht hinein, es ist mir zu heiß«, sagte er und setzte sich auf den Boden nieder.

»Nein, Seppli, komm, das muß man tun«, mahnte das Stanzeli. »Weißt du nicht mehr, daß der Pater Klemens gesagt hat, wenn man an einer Kapelle vorbeikomme, müsse man immer hinein und etwas beten? Steh auf und komm schnell.«

Der Seppli blieb störrisch am Boden sitzen. Aber das Stanzeli ließ ihm keine Ruhe. Ganz ängstlich nahm es ihn bei der Hand und zog ihn auf: »Du mußt kommen, Seppli, es geht gewiß nicht gut sonst. Du solltest auch gern beten.«

In dem Augenblick kam jemand von unten auf die Kapelle zu. Plötzlich stand der Pater Klemens vor den Kindern.

Seppli war schnell auf seine Füße gesprungen. Die Kinder boten schnell dem Pater ihre Hände.

»Seppli, Seppli,« sagte er ganz freundlich, als er diesem die Hand drückte, »was habe ich gehört? Du willst dem Stanzeli nicht folgen, wenn es gern mit dir in die Kapelle hinein möchte? Ich will dir aber etwas sagen. Siehst du, es ist kein Zwang von unserem Herrgott, daß man in die Kapelle hineingehen und beten soll, sondern es ist eine Erlaubnis, daß wir so zu ihm beten dürfen. Und jedesmal, wenn wir das tun, schenkt er uns etwas, wir können es dann nur nicht immer gleich sehen.«

Jetzt wanderte der gute Pater wieder seiner Wege, und Seppli trat nun ohne Widerrede mit dem Stanzeli in die Kapelle ein und sagte andächtig sein Gebet. Als die Kinder nach einiger Zeit wieder herauskamen, hörten sie laute Stimmen und ein starkes Keuchen den Fußweg herauf ertönen, der hier sehr steil zum Zillerbach hinunterführt. Jetzt kamen nacheinander drei Köpfe zum Vorschein, erst ein Mädchenkopf und dann zwei Bubenköpfe, und nun standen auf einmal drei Kinder den anderen zweien gegenüber. Mit großem Erstaunen sahen sie sich gegenseitig an.

2. Kapitel
Eine neue Bekanntschaft

Das neuaufgetauchte Mädchen war von allen das größte und mochte wohl elf Jahre alt sein. Der größere der Brüder war wenig über ein Jahr jünger, während der andere bedeutend kleiner, aber sehr stämmig gebaut war. Das Mädchen ging nun noch ein paar Schritte näher auf die Kinder zu und fragte:

»Wie heißt ihr zwei?«

Die Kinder nannten ihre Namen.

»Wo seid ihr daheim?« fragte das Kind weiter.

»In Altkirch, dort, man kann den Kirchturm sehen«, antwortete das Stanzeli und deutete auf den roten Helm zwischen den Hügeln.

»Also habt ihr dort eure Kirche. Eine solche Kirche haben wir auch bei uns, aber sie ist geschlossen, und man geht nur am Sonntag hinein. Aber solche Kapellen haben wir keine bei uns. Dort steht noch eine höher oben, sieh nur, Kurt, ganz oben beim Wald.« Das Mädchen zeigte mit seinem Finger hoch hinauf und der Bruder nickte zum Zeichen, daß er die Kapelle sehe. »Ich möchte nur wissen, warum ihr hier auf so vielen Hügeln solche Kapellen habt.«

»Daß man hineingehen kann und beten, wenn man vorbeikommt«, sagte das Stanzeli schnell.

»Das kann man ja auch sonst tun«, meinte das andere Mädchen. »Man kann ja überall beten wo man ist, der liebe Gott hört es überall, das weiß ich.«

»Ja, aber man denkt nicht, daß man auch einmal beten sollte, bis man an die Kapelle kommt, dann weiß man es gleich und tut es auch« entgegnete das Stanzeli ernsthaft.

»Jetzt müssen wir gehen, Lissa«, mahnte der Bruder Kurt, dem das Gespräch zu lang wurde. Aber die Lissa hatte es nicht eilig, sie machte gern ein wenig Bekanntschaft, und das Stanzeli gefiel ihr, weil es so bestimmt antwortete. Und jetzt eben hatte es etwas gesagt, das die Lissa gar nicht widerlegen konnte, wie sehr sie auch nachdachte. Es war ja wirklich so, ihr kam es auch nie in den Sinn, daß man auch einmal beten und dem lieben Gott danken könnte, wenn sie so spazieren ging und Freude hatte. Auch wenn sie schon zu Stanzeli ganz fest gesagt hatte, man könne ja überall beten.

Jetzt machte auch die Kapelle auf einmal einen ganz neuen Eindruck auf Lissa, denn bis jetzt hatte sie so darauf geschaut, wie auf einen Bau, der nur dastehe, weil er einmal vor langer Zeit hingestellt worden war. Sie hätte aber nie gedacht, daß der heute noch jedem etwas Bestimmtes zurufen würde, der da vorübergeht. Nun war es ihr auf einmal, als zeige der liebe Gott vom Himmel herab auf die Kapelle und sage: »Da steht sie, daß du auch einmal an mich denkst.«

Als Lissa gedankenverloren so lange nichts sagte, fuhr das Stanzeli fort: »Und das ist nicht wie ein Befehl, sondern wie eine Erlaubnis, daß wir hier hereinkommen und beten dürfen. Denn wenn wir das tun, so schenkt uns der liebe Gott etwas, wenn wir es auch nicht sehen können. Der Pater Klemens hat's gesagt.«

»Ja, aber ich wollte lieber einmal etwas, das man sehen kann«, fügte jetzt der Seppli hinzu, der neben dem Stanzeli stehengeblieben war und aufmerksam zugehört hatte.

»Kennst du auch den Pater Klemens?« fragte Lissa ganz erfreut, denn dieser war auch auf der anderen Seite vom Zillerbach allen Kindern wohlbekannt und ihr guter Freund. Wo immer er von ihnen gesehen wurde, in seinem langen Rock und dem großen Kruzifix an der Seite, da liefen gleich von allen Seiten die Kinder herbei und gaben ihm die Hand. Und dann zog er aus seinem weiten Rock die alte Brieftasche heraus, und jedem der Kinder schenkte er ein schönes, buntes Bildchen.

Lissa hatte davon schon manches erhalten, mit rosigen Engelchen darauf, die Blumen streuten. Andere Bilder zeigten einen Busch Rosen mit einem Vögelchen darauf sitzen. Der Name Pater Klemens rief ihr die liebsten Erinnerungen ins Gedächtnis.

»Er wohnt bei uns in Altkirch, oben im alten Kloster, und er kommt viel zu uns«, berichtete das Stanzeli.

»Ja, und er bringt der Großmutter manchmal ein ganzes Brot«, ergänzte der Seppli, dem diese Tatsache besonders in Erinnerung war.

»Jetzt müssen wir gehen, wir haben noch weit bis zum Käsehändler«, sagte das Stanzeli, indem es sein Bündel Körbchen aufnahm und dem Seppli das seinige gab.

»Willst du einmal zu mir hinüberkommen auf den Rechberg?« fragte Lissa, die gern die neue Bekanntschaft ein wenig fortsetzen wollte.

»Ich weiß den Weg nicht, ich bin noch nie auf der anderen Seite vom Zillerbach gewesen.«

»Oh, der ist ganz leicht zu finden. Komm nur einmal am Sonntagnachmittag«, ermunterte Lissa sie, »dann spielen wir bis zum Abend. Du mußt nur über den Steg dort unten gehen und dann immer hinauf bis auf den höchsten Punkt. Dort ist der Rechberg, und das große Haus, das oben ganz allein steht, das ist unser Haus. Also komm dann!«

Jetzt trennten sich die Kinder. Das Stanzeli ging mit dem Seppli den Berg hinauf und Lissa sah sich nach den Brüdern um, die eine Weile nichts von sich hatten hören lassen. Kurt war auf den alten Tannenbaum geklettert, der neben der Kapelle stand, und schaukelte sich auf einem morschen Ast, der bedenklich krachte, hin und her. Lissa schaute mit Interesse zu, ob Kurt bald mitsamt dem Ast herunterkommen werde, was ihr mehr unterhaltsam als gefährlich erschien. Nicht weit von der Tanne entfernt lag der kleine, dicke Karl ausgestreckt am Boden und schlief so fest, daß er die lauten Rufe von Lissa, er solle sich nun erheben, nicht hören konnte.

Aber jetzt kam etwas den Hügel herabgerollt, das mit einemmal den Kurt vom Baum und den Karl auf seine Füße brachte. Es war eine große Schafherde, alte und junge, große und kleine. Alles wogte, hüpfte, sprang durcheinander, und nebenher lief der große Schäferhund und bellte in einem fort, damit die Herde zusammenblieb. Er bellte so laut und eindringlich, daß Karl augenblicklich davon erwachte und schnell aufsprang, um die herabrollende Schar zu betrachten.

Der Schäfer trieb seine Herde an den Kindern vorbei nach Altkirch zu. Die drei schauten mit schweigender Bewunderung auf die Vorüberziehenden. Ihre Augen konnten nicht genug aufnehmen von den lustigen Sprüngen, die die jungen, niedlichen Schäfchen neben ihren Müttern machten. Diese beobachteten die Kleinen, daß sie auch nicht mutwillig aus der Reihe hüpften und dann etwa verloren gingen. Als die Herde fast vorüber war und nur noch die letzten alten Schafe nachliefen, da atmete der immer noch in Staunen versunkene Karl tief auf und sagte: »Wenn wir nur ein solches Schäfchen hätten.«

Das war das gleiche, was Kurt und Lissa in dem Augenblick dachten, und alle drei stimmten auf einmal so ganz überein, wie es selten der Fall war. Lissa schlug gleich vor, nun schnell nach Hause zurückzukehren und Papa und Mama so lange zu bitten, ihnen ein solches Schäfchen zu schenken, bis sie es tun wurden.

Dann schilderte sie den Brüdern noch, wie es sein würde, wenn sie das Schäfchen überall mit sich herumführen könnten. Auf der Weide würden sie seine lustigen Sprünge beobachten und es so sorgfältig bewachen wie die alten Schafe. Und alle drei steigerten sich in eine solche Freude hinein, daß sie übermütig den Berg hinabliefen und schnell über den Steg rannten, die Lissa voran. Hinter ihr folgte Kurt, und beide stürmten in so hohen Sprüngen über den leicht gebauten Steg, daß er unter ihren Füßen schwankte und zitterte.

Die losen Bretter sprangen so auf und nieder, daß der nachfolgende Karl den Halt unter seinen Füßen verlor, mitten auf dem Steg hinfiel und beinahe in den reißenden Zillerbach gestürzt wäre. Kurt kehrte um und zog ihn auf, und da Lissa inzwischen drüben angekommen war, schwankte der Steg nicht mehr auf und nieder, und die Brüder kamen nun auch glücklich auf der anderen Seite an. Der Weg von da zum Rechberg hinauf war ziemlich weit, die Kinder brauchten wohl dreiviertel Stunden, bis sie an der letzten Steigung angekommen waren und ihnen die Lichter aus den Fenstern der Wohnstube entgegenschimmerten. Denn es war unterdessen völlig Nacht geworden.

Schon seit einer Stunde ging die Frau des Oberamtmanns ängstlich hin und her, einmal von der Stube auf die steinerne Treppe am Haus hinaus, dann in den Garten hinunter. Sie schaute sich um, kehrte dann wieder zurück und machte nach einer kleinen Weile aufs neue denselben Gang.

Schon seit dem Mittagessen hatte sie keines der Kinder mehr erblickt, und um vier Uhr, zur Kaffeezeit, hätten sie wie gewöhnlich daheim sein sollen. Die Mutter hatte ihnen erlaubt, den freien Samstagnachmittag oben im Wäldchen zuzubringen. So waren gleich nach Tisch alle drei freudig davongerannt. Aber nun war es dunkel geworden und noch nirgends waren die Kinder zu sehen. Wo konnten sie sich nur so verspätet haben? Oder sollte dem kleinen Karl, der noch gar nicht so fest auf den Füßen stand, etwas zugestoßen sein?

Der Mutter kamen alle möglichen Bedenken, und immer unruhiger lief sie hinaus und wieder hinein und an alle Fenster.

Aber jetzt – das waren die bekannten Stimmen. Sie tönten ganz aufgeregt schon weit von unten herauf. Die Mutter lief hinaus und richtig, da kamen sie heraufgestiegen. Als die Kinder die Mutter sahen, lief eines schneller als das andere, um zuerst erzählen zu können. Der kleine Karl blieb nun weit zurück. Kurt und Lissa stürzten sich fast gleichzeitig auf die Mutter und wollten beide zusammen alles auf einmal berichten. Aber zu gleicher Zeit ertönte eine laute Stimme von der anderen Seite: »Zum Abendessen! Zum Abendessen!« Es war die Stimme des Oberamtmanns, der eben von seinen Geschäften heimkehrte und seine feste Hausordnung aufrecht hielt.

Als nun alle ruhig bei Tisch saßen, konnte das Erzählen beginnen. Aber zuerst mußten sie berichten warum sie nicht zur Kaffeezeit heimgekommen waren.

Endlich kam dann heraus, daß es oben im Wäldchen der Lissa zu langweilig geworden war und sie vorgeschlagen hatte, zur alten Linde hinaufzusteigen. Da man nun von dort auf die Kapelle hinüber- und auf den Zillerbach und den schmalen Steg hinuntersah, hatte Lissa eine unwiderstehliche Lust erfaßt, gleich dorthin zu laufen. Sie wollte sich alles aus der Nähe ansehen, denn das Schwanken und Zittern des Stegs war ihr noch von einem früheren Ausflug her in genußreicher Erinnerung. Sogleich waren die Brüder einverstanden gewesen und in Eile die Reise angetreten worden, sie war aber schließlich viel länger ausgefallen, als sie beabsichtigt hatten.

Als nun das Bekenntnis der unerlaubten Reise abgelegt und die Warnung gefolgt war, ein andermal einen solchen Einfall nicht auszuführen, berichteten sie zuerst von der Kapelle. Dann erzählten sie von den zwei Kindern, dann von der Schafherde und dann noch einmal alles von vorn und noch ausführlicher. Zuletzt kam auch noch die Schilderung von dem lustigen Übergang über den Zillerbach und wie es dabei zugegangen war. Diese Beschreibung hatte dann zur Folge, daß der Vater für die Zukunft jeden Ausflug an den Zillerbach hinunter streng verbot. Der schwankende Steg war überhaupt eine Einrichtung, gegen die der Oberamtmann schon lange protestiert hatte. Dennoch blieb das schadhafte Verbindungsmittel immer noch stehen.

»Karl der Dicke ruht von seinem Tagewerk, und das eure wird wohl auch zu Ende sein«, sagte jetzt der Vater. Er rüttelte ein wenig an dem Stuhl neben ihm, auf dem Karl inzwischen fest eingeschlafen war, denn der Ausflug hatte ihn sehr müde gemacht. Es ging aber nicht so leicht, diesen ersten, guten Schlaf zu unterbrechen. Mit einemmal nahm der Vater den Stuhl und trug ihn mitsamt dem Schläfer in das Schlafzimmer hinein, und die anderen Kinder folgten nach und jauchzten über den Spaß. Zuletzt kam die Mutter und hatte ihre liebe Not, bis sie den einen aufgeweckt und die anderen zur Ruhe gebracht hatte.

Von dem Tag an verging kein Morgen-, kein Mittag-, kein Abendessen, ohne daß die Kinder eines nach dem anderen und immer wieder und in allen Tonarten die Worte vorbrachten: »Wenn wir nur ein solches Schäfchen hätten.« Endlich hatte der Oberamtmann genug davon.

Eines Abends saß die Mutter mit den Kindern um den Tisch. Der kleine Karl, dem es bei den Schularbeiten der älteren sehr langweilig wurde, wiederholte eben zum sechstenmal: »Wenn wir nur ein solches Schäfchen...«, da auf einmal machte der Vater die Tür weit auf und herein sprang ein wirkliches, lebendiges Schäfchen.

Das Tierchen war mit krauser, schneeweißer Wolle bedeckt und so niedlich anzusehen, wie die Kinder noch keines gesehen hatten. Jetzt erhob sich ein solcher Freudenlärm, ein solches Gepolter in der Stube, daß man kein Wort mehr verstehen konnte. Das Schäfchen schoß suchend und blökend von einem Winkel in den anderen, weil

es keinen Ausweg fand, und alle drei Kinder rannten mit Freuden-
geschrei hinter ihm her. Aber mit einemmal ertönte die laute Stimme des Vaters: »So, nun ist's genug! Nun kommt fürs erste das kleine Schaf in seinen nagelneuen Stall, und ihr kommt her und hört zu,
was ich euch zu sagen habe.« Die Kinder durften erst ihr Schäfchen
hinausbegleiten. Es wunderte sie auch sehr, wo der neue Stall für
das Tierchen wäre und wie er aussähe.

Richtig, aus ganz neuen Brettern war eine kleine Abteilung weit
hinten im Pferdestall errichtet worden, und schönes, weiches Stroh
lag darin, worauf das Schäfchen schlafen konnte. Auch eine kleine
Krippe war darin, da schüttete man dem Tierlein Gras und Heu
und andere gute Sachen hinein, die ihm wohlschmeckten. Als nun
das Schäfchen gut auf sein Stroh gebettet war und ganz still lag, nur
noch ein wenig ängstlich atmete, da sagte der Vater, nun müsse es
schlafen. Er machte das niedrige Türchen zu und winkte den Kindern, ihm zu folgen.

Drinnen in der Stube setzte er sich, stellte die drei Kinder vor sich
hin, hob den Zeigefinger in die Höhe und sagte ernsthaft: »Jetzt hört
mir gut zu. Ich habe das kleine Schaf von seiner Mutter wegge-
nommen, um es euch zu schenken. Nun sollt ihr ihm die Mutter
ersetzen, es sorgfältig hüten und pflegen, daß es sich bei euch wohl-
fühlt und es nicht vor Heimweh sterben muß. Ihr dürft es in jeder
freien Stunde herausnehmen, mit ihm spielen und spazieren gehen.
Ihr könnt es auf die Weide hinauf führen, da kann es sich sein Gras
selbst suchen. Ihr könnt gehen mit ihm, wohin ihr wollt.

Aber niemals dürft ihr das Tierchen allein lassen, keinen Augenblick es ist noch zu klein, um sich zurechtzufinden, es wurde sich
gleich verlaufen, fände seinen Stall nicht mehr und könnte elend
zugrunde gehen. Wer es aus dem Stall holt, der behütet es, bis er es
wieder an seinen Ort zurückgebracht hat. Habt ihr mich gut verstanden und wollt ihr das Schäfchen so sorgfältig pflegen, wie ich es
euch gesagt habe. Oder wollt ihr lieber nicht, so sagt es, dann bringe
ich es noch heute zu seiner Mutter zurück.«

Die Kinder schrien alle drei auf, der Vater solle ihnen das Schäfchen lassen. Um keinen Preis wollten sie es wieder hergeben. Sie
versprachen alle drei von Herzen und mit dem ganzen Willen, das
Schäfchen zu hüten und zu pflegen, wie der Vater es verlangte, und

nie einen Augenblick das Tierlein allein stehen oder laufen zu lassen. Jedes versicherte, es selbst wolle jedesmal das Schäfchen wieder in den Stall zurückbringen, wenn es Zeit sei, denn das sei ihm die größte Freude.

Aber der Vater sagte, das wäre eine unsichere Sache, es müsse bestimmt so sein, wer das Schäfchen herausgeholt, der bringe es wieder hinein, und dabei sollte es bleiben. Noch einmal versprachen die Kinder, genau nach des Vaters Vorschrift zu handeln, und sie gaben alle drei dem Vater die Hand darauf. Alle drei waren so voller Entzücken über die Aussicht, für immer ein eigenes, lebendiges Schäfchen zu haben, daß sie am Abend lange Zeit keinen Schlaf finden konnten. Sogar der kleine, sonst so schlafbedürftige Karl saß ganz aufgeregt in seinem Bett und rief immer wieder zu Kurt hinüber: »Der Papa soll schon sehen, daß das Schäfchen bei uns nicht zugrunde geht, ich will schon sorgen dafür.«

3. Kapitel
Ehrlich währt am längsten

Eine Hauptfrage war am folgenden Tag, wie das Schäfchen genannt werden sollte. Lissa schlug vor, ihm den Namen »Eulalia« zu geben. Denn so hieß die Katze ihrer Freundin, und der Name war ihr besonders großartig erschienen. Aber die Brüder wollten nichts davon wissen, der Name war ihnen zu ausgefallen. Kurt schlug den Namen »Nero« vor, wie der ungeheure Hund unten in der Mühle hieß, den er bewunderte. Aber Lissa und Karl wollten nicht, daß das Schäfchen so heißen sollte wie der böse Hund mit der breiten Schnauze. Nun wurde die Mutter gefragt, und sie schlug vor, das Tierchen nach seinem eigenen Aussehen »Krausköpfchen«, zu nennen.

Auf diesen Namen einigten sich die Kinder gleich, und so hieß es von nun an. Die Freude an dem weißen, niedlichen Krausköpfchen ging allen dreien über alle anderen Freuden und Vergnügungen. In jedem freien Augenblick wurde es aus seinem Stall geholt und herumgeführt, dahin und dorthin.

Einmal zogen die Kinder alle drei miteinander aus und führten das Krausköpfchen zur Weide hinauf oder zu dem Wäldchen und ließen sich dort mit ihm nieder. Während Lissa auf der Bank saß und das Tierlein seinen Kopf vertraulich ihr auf den Schoß legte, liefen Kurt und Karl zu dem nahen Kleeacker hinüber und holten die schönen, würzigen Blättchen herbei. Die fraß dann das Krausköpfchen mit großem Vergnügen einem nach dem anderen aus der Hand und blökte zwischendurch ganz fröhlich dazu.

Ein andermal holte sich eins von den Kindern das Schäfchen auch allein aus dem Stall und nahm es mit sich, wenn etwa ein Auftrag ausgerichtet werden mußte unten in der Mühle oder beim Bäcker oder bei der alten Waschfrau. Dann wanderte das Schäfchen immer fröhlich an der Seite seines Führers mit. Und es war, als ob es ganz gut die Gespräche verstehe, die Kurt und Lissa und ganz besonders sein großer Freund Karl mit ihm führten.

Es antwortete dann von Zeit zu Zeit mit einem ganz zustimmenden, fröhlichen Blöken und schaute dazu den Begleiter verständnisvoll an. Es bestand kein Zweifel, das Krausköpfchen nahm immer den lebhaftesten Anteil an dem Gespräch. Täglich wurde es auch zutraulicher und zärtlicher zu den Kindern. Jetzt schmiegte es sich immer an dasjenige, das es aus dem Stall holte, so als käme seine eigene Mutter. Die Kinder liebten es auch täglich noch mehr und pflegten und hüteten es. Sie brachten es nach den Gängen und luftigen Unterhaltungen immer wieder in sein kleines Häuschen im Stall auf das schöne Strohlager zurück.

Das Krausköpfchen gedieh bei der vortrefflichen Pflege so gut, daß es jetzt kugelrund geworden war und mit seinen schneeweißen Wollelöckchen so sauber und zierlich aussah, als wäre es immer im Sonntagsröckchen.

So ging der schöne, sonnige Herbst zu Ende, und der November war so schnell gekommen, wie die Kinder es noch nie erlebt hatten. Jetzt konnte man ja schon von Weihnachten sprechen, denn schon im folgenden Monat mußte ja das Fest kommen. Kurt und Karl konnten gut die Freuden der Gegenwart mit den Hoffnungen auf die Zukunft vereinen und zu einem doppelten Genuß verbinden. So freuten sie sich über ihr Krausköpfchen, und auf jedem ihrer Gänge erzählten sie ihm von all den Herrlichkeiten, die das Weihnachtsfest mit sich bringen werde, sie zählten ihm alle die Gegenstände auf, die sie heimlich vom Christkind erwarteten.

Das Krausköpfchen hörte dann immer ganz aufmerksam zu, und die Brüder deuteten an, daß es gewiß auch seinen Teil von den Festgeschenken erhalten werde. So genossen sie meistens alle drei zusammen diese herrlichen Aussichten und wurden dadurch täglich noch vertrauter miteinander.

Lissa war ein wenig anders geartet. Wenn eine neue große Freude in Aussicht stand, wurde sie fieberhaft davon ergriffen, und alle ihre Gedanken wurden dann so davon erfüllt, daß die alten Freuden ein wenig in den Hintergrund kamen. Nun hatte Lissa eine besonders gute Freundin in dem großen Bauernhaus auf dem Weg zum Zillerbach hinunter. Die freundliche Marie ging immer mit Bereitwilligkeit auf alle Ideen der Lissa ein. Diese Freundin wollte Lissa jetzt so gern einmal besuchen, denn mit ihr konnte sie ganz anders ihre Hoffnungen und Aussichten auf das Weihnachtsfest besprechen, als mit den Brüdern. Diese hatten so ganz andere Wünsche und verstanden die ihrigen nicht so ganz.

Die Mutter erlaubte den Besuch, und am ersten freien Nachmittag durfte sich Lissa auf den Weg machen. Kaum hatte sie Geduld genug, still zu halten, als die Mutter ihr noch ein warmes Tuch umband, das der kalte Novemberwind wohl nötig machte. Dann rannte sie in großen Sprüngen davon, und die Mutter schaute dem Kinde noch nach, bis es halbwegs den Hügel hinab war. Dann trat sie wieder ins Haus hinein.

In dem Augenblick kam der Lissa in den Sinn, daß der Weg doch ziemlich lang sei und es eigentlich lustiger wäre, das Krausköpfchen zur Gesellschaft mitzunehmen. Hoffentlich hatten es die Brüder nicht schon fortgenommen. Eilig kehrte sie wieder um, rannte zu dem Stall und fand das Krausköpfchen ruhig auf seinem Stroh liegen. Sie nahm es schnell hinaus und lief nun mit ihm den trockenen Weg hinunter, auf dem die bunten Herbstblätter rings um sie im Winde flogen.

In kurzer Zeit waren sie am Ziel ihrer Reise angekommen. Bald spazierte Lissa mit ihrer Freundin, in tiefe Gespräche versunken, auf dem sonnigen Platz vor dem Haus hin und her, während das Krausköpfchen vergnügt an der Hecke nagte, die den Garten umschloß. Auch die Freundinnen erfrischten sich zwischen den langen Gesprächen an den süßen Birnen und den saftigen roten Äpfeln. Die waren reichlich vorhanden, denn die Mutter der Marie hatte einen großen Korb voll der Früchte herausgebracht. Und was die Kinder nicht essen mochten, sollte Lissa mitnehmen. So war es immer gewesen, denn auf dem Hof wuchsen schöne Äpfel und Birnen in Fülle.

Als es nun Zeit für Lissa war, heimzukehren, machte sich die Freundin auch auf den Weg, um sie zu begleiten. Sie hatten sich immer noch so viel zu sagen, daß sie an der letzten kleinen Steigung zu Lissas Vaterhaus hinauf angekommen waren, sie wußten gar nicht wie. Marie verabschiedete sich schnell und Lissa eilte den Weg hinauf. Es war schon dunkel geworden. Jetzt, beim Haus angelangt, fuhr es ihr wie ein lähmender Blitz durch den Sinn: »Wo ist das Krausköpfchen?« Sie wußte ja, sie hatte es mitgenommen, dann noch an der Hecke grasen gesehen. Dann hatte sie es ganz und gar vergessen und nicht mehr nach ihm geschaut. Im furchtbarsten Schrecken lief sie wieder den Berg hinunter, rief nach allen Seiten: »Krausköpfchen! Krausköpfchen! Wo bist du?« Aber alles blieb still, das Krausköpfchen war nirgends zu sehen.

Lissa rannte bis zu dem Bauernhaus zurück. Es war schon Licht in den Fenstern der Wohnstube, sie konnte von den steinernen Stufen am Haus gut hineingehen. Sie saßen alle am Tisch drinnen beim Abendessen, Vater und Mutter und Marie, ihre Brüder und die Knechte, und auf der Ofenbank lag die alte Katze. Aber nirgends war eine Spur vom Krausköpfchen zu sehen, wie sehr Lissa auch in alle Winkel hineinspähte.

Jetzt lief Lissa ums Haus herum, in den Garten hinein, um die ganze Hecke herum und wieder in den Garten. Und dort rannte sie innen an der Hecke entlang und rief: »Krausköpfchen, komm doch! O komm doch!« Alles war vergebens. Von dem Schäfchen war weder eine Spur zu sehen noch zu hören. Lissas Angst wurde immer größer. Es wurde immer dunkler, und der Wind heulte immer lauter und blies sie fast vom Boden weg. Sie mußte heimkehren. Was sollte sie tun? Sie durfte nicht sagen, daß sie das Krausköpfchen verloren, weil sie es vergessen hatte. Doch der Mutter wollte sie es sagen.

Sie lief, so schnell sie konnte, den Berg hinauf. Zuhause war schon alles zum Abendessen bereit, auch der Vater war schon da. Lissa kam in die Stube hereingerannt, so rot und heiß und zerzaust, daß die Mutter sagte: »So kannst du nicht zu Tisch kommen, Kind. Geh, mach dich erst zurecht.« Und der Vater fügte hinzu: »So spät sollst du überhaupt nicht heimkommen. Nun verschwinde und komm bald wieder, oder es gibt nichts zu essen.« Lissa gehorchte schnell. Das Essen war ihr egal, viel lieber wäre sie gar nicht mehr hereingekommen, aber das ging nicht.

Sie kehrte niedergeschlagen an ihren Platz zurück. Sie hatte eine furchtbare Angst, was nun weiter für Bemerkungen und Fragen kommen werden. Aber bevor noch irgend jemand ein Wort an sie richten konnte, wurde die Aufmerksamkeit der sämtlichen Familienglieder von einem neuen Ereignis in Anspruch genommen.

Hans, der Knecht, steckte seinen Kopf zur Tür herein und sagte: »Mit Verlaub, Herr Oberamtmann, die Kinder sind doch alle zuhause, wie die Trine sagt, und das kleine Schaf ist noch nicht im Stall.«

»Was?« fuhr der Oberamtmann auf. »Da haben wir's! Wer hat's herausgenommen? Wer hat es getan?«

»Ich nicht!« – »Ich nicht!« – »Ich gewiß nicht!« – »Ich auch nicht!« schrien Kurt und Karl so laut durcheinander daß man gar nicht hören konnte, ob Lissa schwieg oder auch rief. Die Mutter sagte besänftigend: »Nur nicht so stürmisch. Lissa kann es gewiß nicht sein. Schon nachmittags ist sie allein zu ihrer Freundin Marie gelaufen und vor wenigen Augenblicken erst ist sie zurückgekehrt.«

»So ist es doch einer von euch zweien«, sagte der Vater und warf einen durchdringenden Blick auf die beiden Jungen.

Es tönte ihm ein ungeheuerliches Geschrei als Antwort entgegen: »Ich nicht!« – »Ich nicht!« – »Ich sicher nicht!« Und beide sahen mit so ehrlichen Augen zu dem Vater auf, so daß er gleich ausrief: »Nein, nein, die sind es nicht. So muß der Hans die Stalltür offen gelassen haben, als das Schaf drinnen war, und es muß in dem Augenblick entlaufen sein. Es kommt mir aber so unwahrscheinlich vor, ich muß einmal nachsehen.«

Der Vater verließ das Zimmer, um sich draußen im Stall umzusehen.

Als nun die Aufregung des Anklagens und der Verteidigung vorüber war, legte Karl plötzlich seinen Kopf auf den Arm und schluchzte laut auf: »Nun ist das Krausköpfchen verloren! Nun können wir es nicht mehr haben! Nun muß es im Elend umkommen!«

Jetzt begann auch Kurt zu weinen und rief: »Ja, nun wird es immer kälter, und es hat nichts zu essen und muß frieren und im Elend umkommen.« Und noch ärger als die beiden fing nun Lissa zu weinen und zu stöhnen an. Sie sagte kein Wort, aber man konnte gut hören, wie viel schmerzlicher und tiefer noch ihr Jammer war, als der ihrer Brüder. Und Lissa mußte wohl wissen, warum.

Auch als nachher Kurt und Karl längst auf ihren Kissen eingeschlafen waren und fröhliche Träume vom Krausköpfchen hatten, lag Lissa noch voller Unruhe in ihrem Bett und konnte keinen

Schlaf finden. Nicht nur das Mitleid mit dem Schäfchen, das jetzt ängstlich und verlassen draußen in der Nacht herumirrte, quälte sie. Aber sie hatte es ja selbst verschuldet und dazu hatte sie dies noch verschwiegen, obwohl sie es hätte gestehen sollen.

Lissa hatte nicht mitgerufen: »Ich nicht! Ich nicht!« Aber sie hatte ja geschwiegen, als die Mutter so zuversichtlich sagte: »Lissa kann es nicht sein«. Und das Kind fühlte, daß es mit seinem Schweigen dasselbe Unrecht getan hatte, als wenn es eine Unwahrheit gesagt hätte. Lissa war ganz unglücklich und konnte keinen Trost und keine Ruhe finden, bis sie sich vornahm, morgen alles der Mutter zu sagen. Vielleicht konnte dann das Krausköpfchen doch noch gefunden werden.

Am folgenden Morgen war heller Sonnenschein, und es wurde gleich beim Frühstück ausgemacht, sobald die Schule aus wäre, wollten sich alle drei auf den Weg machen, um das Krausköpfchen zu suchen. Es mußte doch irgendwo sein. Am Nachmittag wollten sie dasselbe tun, und alle waren überzeugt, bis zum Abend mußte das Schäfchen wiedergefunden sein. Die Mutter sagte den Kindern auch noch zum Trost, schon in aller Frühe habe der Vater den Hans ausgeschickt, um überall nach dem Tierchen zu suchen. Und alle waren voller Hoffnung, daß es wiedergefunden werde. Lissa war am glücklichsten über diese Aussichten und dachte, nun brauche sie ja nichts zu sagen, es komme wohl alles wieder in Ordnung.

Den ganzen Tag über wurde auf dem Rechberg nach dem Schäfchen gesucht und in allen Häusern nach ihm gefragt, aber das Krausköpfchen war wie vom Erdboden verschwunden. Kein Mensch hatte es gesehen, nirgends war auch nur eine Spur von ihm zu finden. Noch einige Tage lang wurde weiter gesucht und gefragt nach ihm, immer vergebens. Dann sagte der Oberamtmann, nun sei's genug, das helfe nichts mehr. Entweder sei das arme Tierlein schon nicht mehr am Leben, oder es sei woanders hingelaufen.

Wenige Tage später fiel der erste Schnee und so dicht und groß kamen die Flocken herunter, daß in kurzer Zeit der ganze Garten tiefverschneit war. Sonst hatten die Kinder jedes Jahr ihre große Freude am ersten Schnee gehabt und immer lauter gejauchzt und gejubelt, je stärker die Flocken wirbelten.

Jetzt waren sie ganz still, und eines guckte da und eines dort durchs Fenster, und jedes mußte im stillen an das Krausköpfchen denken. Wenn es nun irgendwo unter dem kalten Schnee lag oder durchwaten wollte und nicht konnte. Und mit seiner wohlbekannten Stimme kläglich um Hilfe rief und kein Mensch es hörte und ihm beistand.

Am Abend kam der Vater herein und sagte: »Es gibt eine bitterkalte Nacht, der Schnee ist schon jetzt hart gefroren. Wenn das arme Tierlein noch irgendwo draußen und nicht schon tot ist, so geht es diese Nacht elend zugrunde. Hätt ich doch das arme Geschöpf nie nach Hause gebracht.«

Da brach Karl in ein so jämmerliches Geschrei aus, und Kurt und Lissa stimmten so herzbewegend ein, daß der Vater die Stube verließ und die Mutter nun zu trösten versuchte, wie sie konnte. Von da an sprach der Oberamtmann nie mehr von dem Schäfchen, und die Mutter erzählte den Kindern vom schönen Weihnachtsfest, wenn sie wieder um das Krausköpfchen jammerten. Sie sagte ihnen, daß das Christkind gekommen sei, um alle Herzen fröhlich zu machen, und daß dieser Festtag nun bald komme und auch sie wieder fröhlich machen werde.

Wenn der mitleidige Karl aber an den kalten, dunklen Abenden wieder zu jammern begann: »Wenn das Krausköpfchen draußen nur nicht so frieren oder sich zu Tode zittern müßte«, dann tröstete die Mutter: »Sieh, Karl, der liebe Gott beschützt auch die kleinen Tierlein. Vielleicht hat er irgendwo dem Krausköpfchen ein warmes Bettchen bereitet und läßt es ihm gut gehen. Und wenn es nun auch nicht mehr bei uns ist und wir es pflegen können, so wollen wir uns doch nun zufriedengeben und das Krausköpfchen ganz dem lieben Gott überlassen.«

Kurt hörte auch aufmerksam zu, wenn die Mutter so den Karl tröstete, und so kam es, daß die Brüder nach und nach wieder ganz fröhlich wurden. Sie überließen das Krausköpfchen jetzt ganz dem lieben Gott und seiner Sorge und freuten sich nun jeden Tag mehr auf das schöne Weihnachtsfest

Aber Lissa wurde nicht froh mit ihnen. Auf ihr lag es wie eine schwere Last, die sie ganz niederdrückte und sie nie, nie mehr fröhlich werden lassen wollte. Des Nachts träumte ihr, sie sehe das

Krausköpfchen halb verhungert und erfroren draußen im Schnee liegen und es schaue sie mit ganz traurigen Augen an und sage: »Du hast es getan.« Dann erwachte Lissa weinend und nachher, wenn sie mit den Brüdern lustig sein wollte, konnte sie nicht, denn sie mußte immer denken: Wenn die beiden wüßten, daß sie es getan hätte, wie würden sie ihr Vorwürfe machen.

Dem Vater und der Mutter durfte sie nie mehr richtig in die Augen schauen, denn sie hatte ihnen ja verschwiegen, was sie hätte gestehen sollen. Und jetzt konnte sie es gar nicht mehr über die Lippen bringen, denn nun hatte sie die Eltern so lange glauben lassen, sie wisse nichts von der Sache.

So hatte Lissa keinen frohen Augenblick mehr, und mit jedem Tag sah sie trauriger aus. Und wenn Kurt und Karl zu ihr kamen und sagten: »Freu dich doch einmal, Lissa, nun kommt Weihnachten jeden Tag näher, und denk nur, was alles kommen kann«, dann kamen der Lissa Tränen in die Augen und halbweinend sagte sie: »Ich kann mich nicht mehr freuen, nie, nie mehr.«

Das kam dem mitleidigen Karl doch zu traurig vor, und er sagte ihr tröstend: »Siehst du, Lissa, wenn man gar nichts mehr machen kann, dann überläßt man alles dem lieben Gott, und dann wird man wieder fröhlich, wenn man nur nichts Böses getan hat. Die Mama hat's gesagt.« Dann fing aber Lissa erst recht zu weinen an, so daß es dem Karl angst und bang wurde und er auf und davon lief. Auch Kurt rannte davon, denn ihm kam es unheimlich vor, daß sich die lustige Lissa so verändert hatte.

Auch der Mutter war Lissas verändertes Wesen nicht entgangen. Oft beobachtete sie lange das Kind im stillen, aber sie fragte nie nach Lissas Kummer.

4. Kapitel
Was der liebe Gott schenkt

Der November ging dem Ende zu. Der Schnee war noch viel höher geworden, und mit jedem Tag wurde jetzt die Kälte grimmiger. Die Großmutter in Altkirch zog an ihrer dünnen Bettdecke hin und her, sie konnte fast nicht mehr warm werden darunter. Die Stube war auch so kalt, denn da war nur ein sehr geringer Holzvorrat und in diesem tiefen Schnee konnte ja kein Zweig gefunden werden. Kaffee wurde nur selten gekocht, und die Bohnen mußten nun immer mit den Steinen zerrieben werden. Die Mühle war für immer unbrauchbar, und Geld zu einer neuen war keines da. Die arme Großmutter hatte viel zu klagen und zu jammern. Der Großvater saß meistens auf der Ofenbank, versuchte die Jammernde zu beschwichtigen und flocht seine kleinen Weidenkörbe.

Solange es geschneit hatte und der tiefe Schnee weich geblieben war, hatte der Großvater seine Körbe selbst zum Käsehändler hinauftragen müssen. Denn wenn er die Kinder geschickt hätte, so wären sie im Schnee steckengeblieben. Es gab keinen geräumten Weg den Berg hinauf. Sogar der Großvater hatte Mühe durchzukommen, so tief sank er manchmal in die Schneehaufen.

Aber jetzt war der Himmel hell geworden, und die hohen Schneefelder waren weit und breit so hart zugefroren, daß man darüber gehen konnte, wie über eine feste Straße. Nicht einmal unter den schweren Männern krachte das Eis. Nun konnten die Kinder wieder auf die Wanderung geschickt werden. Das Stanzeli band sich ein Tuch um, und der Seppli setzte die wollene Kappe auf, dann zogen sie aus, jedes sein Bündel Körbchen am Arm.

Als sie nach einer guten halben Stunde an die Kapelle kamen, legte das Stanzeli seine Körbe hin und nahm den Seppli an der Hand, um hineinzutreten. Aber der Seppli war einmal wieder störrisch. »Ich komme nicht, ich will jetzt nicht beten, es friert mich an den Fingern«, behauptete er und stemmte seine Füße in den Boden, damit ihn das Stanzeli nicht hineinziehen konnte. Aber es bat und zog ihn und erinnerte ihn daran, was der Pater Klemens gesagt hatte. Sie hatte Angst, daß der Seppli sie beide ins Unglück stürzen könnte. Das Stanzeli hatte schon so viel von Jammer und Elend gehört, daß es ihm als ein großes Glück und ein Trost erschien, sich hinknien und zu einem Vater im Himmel beten zu dürfen, der allen armen Menschen helfen will.

Seppli gab endlich nach, und sie traten in die stille Kapelle. Das Stanzeli sagte leise und andächtig sein Gebet. Auf einmal ertönte ein sonderbarer Klagelaut durch die große Stille. Ein wenig erschrocken wandte sich das Stanzeli zu Seppli um und sagte leise: »Mach nicht so etwas in der Kapelle, du mußt still sein.« Ebenso leise, aber grimmig antwortete Seppli: »Ich mache nichts, du warst es.«

In diesem Augenblick ertönte der Klagelaut wieder, aber lauter. Der Seppli schaute forschend auf den Altar. Auf einmal packte er das Stanzeli am Arm und zog es mit solcher Macht von seiner Bank auf und dem Altar zu, daß es nicht anders als folgen konnte. Hier, am Fuß des Altars, halbbedeckt von der Altardecke, unter die es sich verkrochen hatte, lag ein weißes Schäfchen, zitternd und bebend vor Kälte. Es streckte seine dünnen Beinchen so von sich, als ob es vor Mattigkeit keine Bewegung mehr machen könne.

»Das ist ein Schaf. Jetzt haben wir einmal etwas geschenkt bekommen, das man sehen kann«, erklärte der Seppli erfreut.

Das Stanzeli schaute mit großer Verwunderung auf das Tierchen. Auch ihm waren gleich die Worte des Pater Klemens in den Sinn gekommen, und es glaubte, daß der liebe Gott, der jedem Betenden etwas schenkt, ihnen heute das Schäflein geschickt habe. Nur daß es so matt und wie halbtot dalag, war dem Stanzeli nicht recht begreiflich. Es fing an, das Tierchen zu streicheln, um ihm zu zeigen, daß es sich nicht fürchten müsse. Aber dieses regte sich kaum, und nur von Zeit zu Zeit ließ es einen ganz wehmütigen Klageton hören.

»Wir wollen heim mit ihm und ihm einen Erdapfel geben, es hat Hunger«, sagte der Seppli, denn er kannte nur dieses Übel, das ihn auch schon öfter zu Klagetönen gebracht hatte.

»Was meinst du denn, Seppli? Wir müssen ja zum Käsehändler hinauf«, erinnerte das gewissenhafte Stanzeli. »Aber so allein können wir es auch nicht hier lassen«, und nachdenklich schaute das Kind auf das unruhig atmende Tierchen. »Jetzt weiß ich etwas«, fuhr Stanzeli nach einigem Nachdenken fort, »so kann man es machen. Du hütest das Schäflein hier, und ich laufe, so schnell ich kann, zum Käsehändler hinauf und komme wieder, und dann gehen wir heim.«

Der Seppli war mit dem Vorschlag sehr zufrieden, und sofort lief das Stanzeli davon. Wie ein leichtes Reh rannte es das Schneefeld hinauf.

Der Seppli setzte sich auf den Boden und betrachtete mit Wohlgefallen sein Geschenk. Das Schäfchen war von so schöner dicker Wolle bedeckt, daß der frierende Seppli Lust bekam, seine kalte Hand da hineinzustecken. Sie wurde bald so schön warm, daß er schnell auch die andere hineinsteckte. Nun rückte er ganz nah an das Tierchen heran, und es war wie ein kleiner Ofen für ihn. Denn wenn es auch selbst vor Kälte zitterte, so war doch sein Wollpelz für den Seppli ein herrliches Wärmemittel.

In kaum einer halben Stunde kam das Stanzeli wieder herbeigerannt, und nun wollten die Kinder ihr Geschenk in Freude dem Großvater und der Großmutter heimbringen. Aber vergeblich versuchten sie, das Schäfchen auf seine Beine zu stellen. Es war so schwach, daß es gleich wieder hinfiel, wenn sie es wenig aufgerichtet hatten, und dann ganz kläglich wimmerte.

»Man muß es tragen«, sagte das Stanzeli, »aber es ist mir zu schwer, du mußt mir helfen.« Und es zeigte dem Seppli, wie er anfassen müsse, daß es dem Schäflein nicht wehe tue, und so trugen sie es miteinander fort. Es ging freilich ein wenig langsam, denn es war ziemlich unbequem, so zu zweit mit der Last zu gehen. Aber die Kinder waren so erfreut über ihr Geschenk, daß sie nicht nachgaben, bis sie bei ihrer Hütte ankamen und nun mit der Überraschung in die Stube hineinstürzen konnten.

»Wir haben ein Schaf bekommen, ein lebendiges Schaf mit ganz warmer Wolle«, schrie der Seppli schon vor der Tür, und als sie nun ganz in der Stube waren, legten die Kinder das Schäfchen neben den erstaunten Großvater auf die Ofenbank. Dann fing auch das Stanzeli an und erzählte, wie alles gegangen sei und wie das eingetreten wäre, was der Pater Klemens schon immer gesagt habe. Daß der liebe Gott einem jedesmal etwas schenke, wenn man betet, nur könne man es nicht immer gleich sehen.

»Aber heute kann man es sehen«, sagte der Seppli erfreut.

Der Großvater schaute die Großmutter an, was sie dazu meinte, und sie sah wieder ihn an und sprach: »Was sagst du denn dazu, Joseph? Sag auch ein Wort.«

Nach einigem Nachdenken sagte dann der Großvater: »Man muß jetzt zum Pater Klemens hinaufgehen und muß ihn fragen, wie das gemeint sei. Ich will, denke ich, selber gehen.« Damit erhob er sich von seinem Sitz, setzte die alte Pelzkappe auf und ging.

Der Pater Klemens kam mit dem Großvater zurück. Nachdem er die Großmutter begrüßt und ihr ein paar gute Worte gesagt hatte, setzte er sich neben das todesmatte Schäfchen und betrachtete es. Dann nahm er das Stanzeli und den Seppli bei den Händen und sagte freundlich: »Seht, Kinder, so ist's. Wenn ein Mensch betet, so schenkt ihm der liebe Gott ein fröhliches und zuversichtliches Herz, und das ist eine schöne Gabe. Und dazu kommen dann noch viele andere gute Gaben. Das Schäflein hier aber hat sich verirrt. Es wird wohl von der großen Herde sein, die noch spät im Herbst einmal durchzog, und der Hirt wird es schon suchen. Es muß schon lange entlaufen sein, denn es ist ganz ausgehungert und fast tot. Vielleicht bringen wir es nicht einmal mehr recht zum Leben. Zuerst muß man ihm ein wenig warme Milch geben und dann zusehen, womit man es noch füttern kann.«

Der gute Pater hatte bei den letzten Worten das Schäfchen etwas aufgehoben und ihm mitleidig die Hand unter das Köpfchen gelegt.

Jetzt sagte der Großvater zaghaft: »Wir wollen tun, was wir können. Stanzeli, geh und sieh nach, ob noch ein Tropfen Milch da ist.«

Aber der Pater Klemens verbot dem Stanzeli hinauszugehen und sagte: »Ich meine es nicht so. Wenn es euch recht ist, so nehme ich das Schäfchen zu mir, es hat Platz bei mir und ich kann es pflegen.«

Das war eine große Erleichterung für die beiden Alten, denn das Schäflein verhungern lassen, wollten sie ja nicht. Aber wo etwas hernehmen, um es zu füttern, wenn sie selbst kaum etwas hatten.

Jetzt nahm Pater Klemens das matte Tierchen auf seinen Arm und wanderte so mit ihm dem alten Kloster zu. Der Seppli guckte ihm lange nach und knurrte ein wenig.

Nach ein paar Tagen sah der Großvater schon wieder den Pater Klemens auf sein Häuschen zukommen und verwundert sagte er zur Großmutter: »Was meinst du, warum kommt der gute Vater schon wieder zu uns?«

»Das Schaf wird wohl umgekommen sein, und jetzt will er es uns sagen, daß wir nicht etwa vom Hirten vergebens einen Finderlohn erwarten«, meinte die Großmutter.

Pater Klemens trat ein. Man konnte ihm ansehen, daß er keine frohe Botschaft zu bringen hatte. Das Stanzeli und der Seppli kamen ihm gleich entgegengesprungen, um ihm die Hand zu geben. Er streichelte beide freundlich, dann sagte er leise zum Großvater: »Es wäre mir recht, wenn Ihr die Kinder ein wenig fortschicken würdet, ich habe mit Euch zu reden.«

Dem Großvater wurde es ein wenig bang zumute, und er dachte bei sich: »Wenn ich nur wenigstens die Großmutter ein wenig ablenken könnte, daß sie's nicht hört, wenn etwas Schlimmes berichtet werden muß.« Er gab nun dem Stanzeli die zinnerne Flasche in den Arm und sagte: »Geh mit dem Seppli und hol die Milch, und wenn es noch ein wenig zu früh ist, so könnt ihr oben beim Bauer warten, es ist warm im Kuhstall.«

Als die Kinder fort waren, rückte der Pater seinen Stuhl näher zum Bett der Großmutter und sagte: »Kommt auch ein wenig näher, Joseph, ich muß euch beiden etwas mitteilen, ich tue es aber ungern. Der Sepp hat etwas angestellt.«

Kaum war dieses Wort ausgesprochen, so jammerte die Großmutter laut und rief: »Ach du mein Gott, daß ich das noch erleben muß! Das war noch meine letzte Hoffnung, daß der Sepp noch einmal heimkommt und uns beisteht in unseren alten Tagen, und nun ist alles aus. Vielleicht müssen wir auch noch eine große Schande auf uns nehmen und haben doch ehrlich und redlich gelebt bis ins hohe Alter. Ach wie gern wollte ich auch über nichts mehr jammern und ohne Murren auf meinem harten Bett liegen und mein Leben lang keinen rechten Schluck Kaffee mehr bekommen, wenn nur das nicht sein müßte mit dem Sepp! Ach, wenn er nur nicht sich und uns ins Unglück und in die Schande hineingebracht hätte!«

Auch der Großvater saß sehr erschrocken und niedergeschlagen da. »Was hat er gemacht, Vater?« fragte er zögernd.

Der Pater antwortete, er wisse noch gar nicht, was es sei. Er habe nur erfahren, der Sepp habe drüben über dem Zillerbach etwas angestellt, und er habe es jetzt mit dem Herrn Oberamtmann auf dem Rechberg zu tun, der werde ihn wohl einsperren lassen.

»Ach, du mein Gott, dort drüben hat er's getan?« jammerte die Großmutter aufs neue. »Ach, wie wird es dem ergehen! Den werden sie gewiß scharf bestrafen, schon weil er einen anderen Glauben hat.«

»Nein, nein, das müßt Ihr nicht denken, Großmutter«, unterbrach sie der Pater, »das ist nicht so. Der Herr Oberamtmann ist nicht ungerecht, und was den Glauben anbetrifft, so hat er keine Vorurteile. Ich habe ihn selbst mehr als einmal sagen hören: ›Ein frommer und gottesfürchtiger Mensch auf dieser Seite vom Zillerbach und ein solcher auf der anderen Seite, die beten beide zu demselben Vater im Himmel. Das Gebet des einen ist diesem ebenso lieb wie das des anderen.‹ Den Herrn Oberamtmann drüben kenne ich schon seit vielen Jahren. Und ich kann Euch auch sagen, daß ich schon viele hundert Male in langen Gesprächen mit ihm und seiner Frau zusammengesessen bin. Wir haben uns so gut verstanden, daß es uns immer ganz wohl geworden ist dabei, so daß es mich oft hinüberzieht, wenn ich lang nicht dort gewesen bin. Jetzt habe ich auch vor, bald wieder hinüberzugehen und zu sehen, wie es mit dem Sepp steht. Vielleicht kann ich ein gutes Wort für ihn bei dem Herrn Oberamtmann einlegen.«

Über dieses Vorhaben waren die beiden Alten sehr froh und dankbar, aber die Großmutter sagte wieder klagend: »Wenn ich es nur nicht verschuldet habe, daß es jetzt so bös mit uns kommen muß, weil ich so viel gejammert und geklagt habe über die geringen Dinge. Ich will es aber gewiß nicht mehr tun und geduldig sein, Pater Klemens. Was meint Ihr, wird auch unser Vater im Himmel meine Buße annehmen und mich nicht so hart strafen?«

Der Pater tröstete die Großmutter noch und ermahnte sie, bei ihrem guten Vorsatz zu bleiben. Dann stand er auf und versprach ihr, wiederzukommen, sobald er auf dem Rechberg gewesen sei und von Sepp berichten könne.

Der Großvater begleitete den Pater bis vors Haus, da fragte er: »Und wie ist's mit dem kleinen Schaf? Lebt's noch oder ist's umgekommen?«

»Nichts, nichts von Umkommen«, antwortete fröhlich Pater Klemens, »rund und voll wird's und schon macht's wieder lustige Spränge. Und ein so zutrauliches Tierlein ist's, daß es mir leid tun wird, es herzugeben, wenn einmal der Hirt vorbeikommt. Ich habe ihn benachrichtigt, daß das Schäflein bei mir sei. So wird er's wohl dort lassen, bis er in die Gegend kommt. Und nun behüt' Euch Gott!«

Der Pater schüttelte dem Großvater die Hand und ging eilend davon, denn er hatte noch andere Kranke zu trösten, die sehnsüchtig auf ihn warteten: War doch in ganz Altkirch und noch weit darüber hinaus der gute Pater Klemens der Tröster aller Armen und Kranken.

5. Kapitel
Der Weihnachtsabend

Der langersehnte Weihnachtstag war gekommen. Vom frühen Morgen an waren Kurt und Karl im Fieber der Erwartung von einem Zimmer ins andere und die Treppe hinauf und wieder herunter gewandert. Nirgends konnten sie länger bleiben, denn das überwältigende Gefühl des nahenden Glücks trieb sie immer wieder umher. Bei der ständigen Bewegung hatten sie die Empfindung, als könnten sie dem Abend ein wenig schneller entgegengehen.

Lissa saß ganz still in einem Winkel und reagierte kaum, wenn die Brüder zu ihr kamen und sie in ihre hochfliegenden Hoffnungsgedanken hineinziehen wollten. Einen solchen Weihnachtstag hatte Lissa noch nicht erlebt. Wie war sie sonst voll freudiger Unruhe und brennendster Erwartung auf den Abend gewesen. Wie war sie voller Glück und Wonne, daß sie nichts Herrlicheres kannte als diese Stunden der Erwartung und dann auf einmal die Erfüllung. Die Erfüllung all' der vielen, vielen Wünsche im strahlenden Lichterglanz.

Jetzt saß sie da und wollte sich freuen, wie die Brüder. Aber es lag auf ihr wie eine erdrückende Last, die jedes Freudengefühl erstickte. Und wenn sie sich zwingen wollte, alles abzuwerfen und zu vergessen und sich doch auf den Abend zu freuen wie früher, so war es ihr, als höre sie auf einmal jemand kommen. Der erzählte, daß er das Krausköpfchen tot gefunden hätte und wüßte, daß sie es verloren und vergessen hatte, und er wollte es dem Vater sagen. Dann kroch sie noch tiefer in die Ecke hinein, mit der Freude war es ganz vorbei.

Gegend Abend hatten Kurt und Karl endlich einen Augenblick der Ruhe gefunden. Die Spannung, die nun ihren höchsten Punkt erreichte, hatte sie beide zusammen auf einen Schemel gebannt, wo sie vor ungeduldiger Erwartung nur noch leise Worte miteinander zu sprechen wagten.

»Was glaubst du von dem Krocketspiel mit den farbigen Kugeln?« flüsterte Karl. »Meinst du, daß das Christkind daran denkt?«

»Vielleicht«, antwortete Kurt leise, »aber weißt du was? Ich wollte noch viel lieber, es hätte an einen neuen Schlitten gedacht. Denn siehst du, der Wagen läuft nicht gut, und dann haben wir nur noch die Geiß. Und wenn die Lissa wieder einmal lustig wird, dann sollst du sehen, wie die Schlitten fahren will. Das kenne ich, und dann bekommen wir zwei die Geiß nie, und auf dem Wagen haben wir nicht einmal beide Platz.«

»Ja, aber dann die Festung. Weißt du, Kurt, wie oft wir schon gern eine Festung gehabt hätten?« fragte Karl. »Fast noch lieber wollten wir keinen Schlitten, meinst du nicht auch?«

»Ja schon«, sagte Kurt zögernd, denn ihm war schon wieder ein neuer Gedanke gekommen. »Oder wenn das Christkind einen Malkasten brächte und wir wieder die großen Soldatenbilderbogen malen könnten?«

»Oh, oh«, stöhnte Karl vor entzückter Erwartung.

Jetzt trat die Mutter ins Zimmer. »Kinder«, sagte sie, und winkte mit dem Finger, »drüben sind die Lichter angezündet beim Klavier. Nun gehen wir, um ein Lied zu singen. Wo ist Lissa?«

In der Dämmerung hatte die Mutter nicht bemerkt, daß Lissa in der Ecke saß. Auch die Brüder hatten es nicht gewußt, denn sie hatte keinen Laut von sich gegeben. Jetzt trat sie hervor, und alle gingen hinüber zum Klavier. Da setzte sich die Mutter hin und spielte und sang vor. Kurt und Karl stimmten aus voller Kehle mit ein, und Lissa sang leise mit. Und als nun im Lied die Worte kamen:

> *»Jesus ist größer, Jesus ist größer,*
> *Der unser traurig Herz erfreut«,*

da sang der Karl sie so fröhlich schmetternd, daß man merken konnte, er hatte zur Zeit kein trauriges Herz. Aber die Lissa hatte erfahren, was das ist, ein trauriges Herz zu haben. Sie schluckte und schluckte und konnte nicht weiter singen. Als das Lied zu Ende gesungen war, stand die Mutter auf und sagte: »Nun bleibt ihr still zusammen hier, bis ich wiederkomme.« Aber Lissa lief ihr nach und rief kläglich: »Mama! Mama! Kann ich dich nicht etwas fragen?«

Die Mutter zog das Kind in ihre Schlafkammer hinein und fragte, was es wolle.

»Mama, kann der Herr Jesus alle, alle traurigen Herzen wieder fröhlich machen?« fragte Lissa verängstigt.

»Ja Kind, alle«, gab die Mutter zur Antwort, »alle was auch auf ihnen liege. Nur das Kind kann er nicht fröhlich machen, das ein Unrecht begangen hat und es nicht gestehen will.«

Jetzt brach Lissa in lautes Weinen aus: »Ich will ja alles gestehen«, schluchzte sie auf, »ich will es ja sagen. Ich habe das Krausköpfchen doch noch mitgenommen und habe es dann vergessen und verloren, und dann habe ich es verschwiegen. Ich bin schuld, daß es verhungert und erfroren ist, und ich kann mich nicht mehr freuen, über gar nichts.«

Jetzt zog die Mutter Lissa liebevoll zu sich und sagte tröstend:

»Jetzt hast du erfahren, liebes Kind, wie ein Unrecht, das wir verschweigen, uns furchtbar unglücklich macht. Daran wirst du denken und es nie wieder tun wollen. Nun aber hast du es voller Reue bekannt, und nun kann und will der heilige Christ in dein Herz einziehen und es wieder fröhlich machen. Denn heute will er alle Herzen ganz besonders erfreuen. Jetzt trockne deine Tränen ab, und dann geh zu den Brüdern hinüber, ich komme dir bald nach.«

Der Lissa war ein solches Gewicht vom Herzen genommen, und so leicht und frei fühlte sie sich, daß sie am liebsten über alle Berge gesprungen wäre. Erst jetzt stieg mit einemmal und mit aller Macht das Bewußtsein in ihr auf, daß heute Weihnachten ist. Was kann heute noch alles geschehen? Es jubelte alles auf in ihr. Ein einziger Schatten stieg zwischendurch noch in ihrem Herzen auf – das Krausköpfchen. Wo mochte das verhungerte Krausköpfchen jetzt liegen?

Als Lissa in frohen Sprüngen zu den Brüdern herüberkam, mußten sie sich sehr wundern. Aber Karl sagte sofort: »Es ist gut, daß du wieder so bist. Ich habe aber schon gedacht, zu Weihnachten würdest du dann wieder froh werden.«

Jetzt mußte Lissa ihrer freudigen Erregung und ihren eben erst erwachten Hoffnungen ein wenig Luft machen. Aber als sie begann den Brüdern von Krausköpfchen zu erzählen, ertönte laut die Glocke des Hauses, und Karl rief schneeweiß vor Erregung: »Das Christkind!« In dem Augenblick machte die Mutter die Tür auf, und die Kinder stürzten hinüber.

Da strahlte und schimmerte und funkelte es ringsum, und vor wunderbarer Herrlichkeit konnte man erst gar nicht erkennen, was alles da war. Aber in der Mitte stand ein großer Tannenbaum mit hellen, strahlenden Lichtern, und rosige Engelchen und glänzende Sommervögel schwebten um die Kerzen. Rote Erdbeeren und schimmernde Kirschen und goldige Birnen und Äpfelchen hingen an allen Ästen, und in sprachlosem Entzücken liefen die Kinder hin und her um den Baum herum.

Aber mit einemmal kam etwas hereingerannt, und plötzlich wurde Lissa fast umgeworfen. Sie stieß einen ungeheuren Freudenschrei aus. Wahrhaftig, da war das Krausköpfchen. Kugelrund und frisch stieß es an die Lissa und rieb sein Köpfchen an ihr und blökte laut auf vor Freude. Kurt und Karl stürzten hinzu und konnten fast nicht glauben, was sie sahen. Nicht verhungert, nicht erfroren, ganz lebendig und lustig war das Krausköpfchen wieder da. Sie erdrückten es fast vor Liebe und Freude.

Aber Karl hatte noch etwas gesehen. Er machte einen großen Sprung zur Seite. »Kurt, Kurt!« schrie er außer sich, »die Festung, die Festung!« Aber Kurt war schon auf die andere Seite gesprungen und rief zurück: »Komm hierher! Komm hierher! Da ist der neue Schlitten! Oh, der prachtvolle Schlitten!« Und als Karl zu ihm rannte, schrie er noch einmal auf. »Da steht der Malkasten! Oh, so viele Pinsel sind drinnen!«

Lissa drückte und liebkoste immer noch das Krausköpfchen, denn seine Rückkehr war für sie das liebste Geschenk. Wie konnte sie jetzt wieder fröhlich sein. Alles, alles war vorbei, was sie gequält hatte, alles war wieder gut. Wie war es nur möglich?

Auf einmal erblickte Lissa zwei Augen, ganz groß aufgesperrt, die starrten auf den strahlenden Baum in regungsloser Bewunderung. Das mußte ja der Seppli sein. Lissa stand vom Boden auf, wo sie beim Krausköpfchen gekauert hatte. Richtig, da stand auch das Stanzeli neben dem Seppli und schaute mit staunenden Augen zu all den leuchtenden Herrlichkeiten auf.

Lissa ging zu den Kindern. »Bist du heute auf einmal zu mir gekommen, Stanzeli?« fragte sie. »Der Baum ist schön? Hast du gewußt, daß heute das Christkind kommen wird?«

»O nein! O nein!« sagte das Stanzeli ganz schüchtern und leise, »aber deine Mutter hat uns eingeladen. Erst heute hat der Pater Klemens gesagt, das Schäfchen gehöre euch, wir dürften es herüberbringen.«

»So habt ihr das Krausköpfchen gebracht? Aber woher denn, Stanzeli? Wo war es denn? Wie kann es nur so gesund sein und so aussehen?«

Jetzt trat die Mutter hinzu und sagte der Lissa, sie werde ihr alles erzählen. Nun aber solle sie die Kinder zu dem Tisch am Fenster hinüberführen, denn das Christkind habe auch an sie gedacht. Aber zuerst brachte kein Zureden den Seppli vom Fleck. Denn einen solchen leuchtenden Baum mit den lockenden, schimmernden wunderbaren Sachen an allen Ästen hatte er in seinem Leben noch nie gesehen. Er konnte seine Augen nicht mehr davon abwenden. Er machte keinen Schritt vorwärts, wie verlockend auch die Einladung klang.

Zuletzt sagte Lissa: »Komm nur, Seppli, du kannst dort beim Tisch auch den Baum sehen und dann noch dazu, was dir das Christkind gebracht hat.«

Jetzt bewegte sich der Seppli langsam und ohne vom Baum wegzusehen. Aber der Tisch bot ihm einen Anblick, den er nicht erwartet hatte. Auf einem Teller lag ein Lebkuchen, so groß, wie er noch nie einen gesehen hatte. Und ringsum lagen viele rote Äpfel und große Nüsse. Und daneben lag eine Schultasche, in der man alles tragen konnte, was man in der Schule brauchte, so daß man dann nie etwas verlor.

Und das Buch und die Tafel und die Griffel, die der Seppli zum Schulbeginn haben mußte, lagen schon darin. Daneben lag noch eine ganz dicke Jacke für den Seppli, wie er in seinem Leben noch keine getragen hatte. Seit die Lissa gesagt hatte: »Das gehört dem Seppli«, stand er wie versteinert an dem Tisch und schaute einmal zu dem Stanzeli, ob es auch glaube, es sei wahr, und dann blickte er wieder auf seine Schätze.

Das Stanzeli konnte sein schönes, warmes Röckchen und die prächtig gefüllte Nähschachtel, die noch mit dem großen Lebkuchenteller daneben stand, auch nicht genug ansehen. Aber jetzt erschrak es sehr, denn der Herr Oberamtmann kam auf einmal mit einem Mann, der vorher mit dem Hans und der Trine bei der Tür gestanden hatte, zu ihm. Der Herr Oberamtmann sagte: »Da seht einmal hin, kennen werden Sie sie freilich nicht mehr.«

Dann ging er wieder weg.

Der Mann streckte seine Hand aus. »Gib mir die Hand, Stanzeli«, sagte er. Das Kind gehorchte und schaute mit seinen ernsthaften Augen fragend zu ihm auf.

»Stanzeli, Stanzeli«, sagte er jetzt ganz bewegt, »tu nicht so fremd zu mir. Du hast die gleichen Augen wie deine Mutter selig. Komm, sag ein Wort, Stanzeli, ich bin dein Vater, und du siehst mich genauso an wie sie.« Und er mußte sich öfter die Augen wischen.

»Wir haben nur einen Großvater und dann noch eine Großmutter«, erklärte jetzt der Seppli, der allem zugesehen hatte.

»Nein, nein, Seppli, ihr habt auch einen Vater, der bin ich«, sagte der Vater und nahm jedes der Kinder bei einer Hand. »Ich will es euch gewiß jetzt zeigen, aber ihr müßt mich auch kennen. Stanzeli, du willst zu deinem Vater freundlich sein? Du bist ja genauso geworden, wie deine Mutter war.«

Der Mann mußte ständig über seine Augen wischen.

»Ja, ich will schon«, sagte das Stanzeli zaghaft, »aber ich kenne Euch gar nicht.«

Der Oberamtmann hatte bis jetzt von der Seite auf die kleine Gruppe am Tisch hingeblickt. Nun trat er wieder hinzu. »Sepp«, sagte er ernsthaft, »ich weiß noch einen Vater und auch eine Mutter, denen es weh tut, daß der Sohn sie nicht mehr kennt. Und daß er kein gutes Wort und keinen dankbaren Gegendienst für sie hat, die ihm die eigenen Kinder so gut erhalten haben. Aber heute ist Weihnachten, heute sollen alle fröhlich werden. Geht, Sepp, spannt den Braunen in den Schlitten, Ihr sollt Eure Kinder heimfahren, Das andere will ich Euch überlassen.«

»Vergelt's Gott dem Herrn Oberamtmann, vergelt's Gott alles tausendmal«, sagte der Sepp und konnte vor Rührung kaum sprechen. »Der Herr Oberamtmann soll gewiß mit mir zufrieden sein, so gewiß, wie ich wünsche, daß unser Herrgott meiner armen Seele gnädig sei.«

»Gut, Gut! Jetzt fahr zu, Sepp, und das dort kommt mit auf den Schlitten«, und der Oberamtmann deutete auf einen ungeheuren Ballen, der neben dem Tisch der Kinder lag. Der Sepp nahm ihn auf seine Schultern und ging.

Nun wurden alle die Gaben schön zusammengepackt, die dem Stanzeli und Seppli gehörten, und dann verabschiedeten sich die Kinder. Und es wurde ausgemacht, im Frühling sollten Seppli und Stanzeli am ersten schönen Sonntag wiederkommen, und dann würden auch einmal Lissa und ihre Brüder nach Altkirch gehen. Denn sie wollten so bald wie möglich den Pater Klemens mit dem Krausköpfchen besuchen, um ihm zu danken für seine gute Verpflegung. Nun nahm die Trine jedes der Kinder an eine Hand, um sie unten in den Schlitten zu setzen, und die Mutter rief ihr noch einmal nach: »Trine, packt die beiden gut in die große Schlittendecke ein, daß sie nicht frieren können.«

Drinnen unter dem Christbaum freuten die Kinder sich immer noch über die vielen wundervollen Gaben, die da ausgebreitet waren und vor allem immer wieder über das neugeschenkte, fröhlich blökende Krausköpfchen.

Als der kräftige Braune mit dem Schlitten von dem Haus des Oberamtmanns wegtrabte, kam über den mondbeschienenen Fußweg vom alten Kloster herunter der Pater Klemens gegangen. Er lächelte vergnügt vor sich hin, denn er dachte an den Besuch, den er vor zehn Tagen drüben auf dem Rechberg gemacht hatte. Da hatte sich gezeigt, daß es um den Sepp doch nicht so schlimm stand, wie zu befürchten war. Der Sepp war einem Meister fortgelaufen, der ihn übel behandelt hatte. Der Meister war aber ein reicher und angesehener Bauer und wollte sich so etwas nicht gefallen lassen.

Er verklagte den Sepp, und so kam die Sache vor den Oberamtmann. Aber der sagte, ein Knecht dürfe nicht mißhandelt werden, wer auch der Meister sei, und der Sepp konnte seiner Wege gehen. So weit hatte der Pater die Sache vom Herrn Oberamtmann selbst erfahren, und nun erzählte er diesem ein wenig von den alten Eltern des Sepp und seinen zwei Kindern. Der Sepp sei nicht böse, aber leichtfertig, und seit dem Verlust seiner Frau sei er auf die schiefe Bahn gekommen. Er bat den Herrn Oberamtmann, dem Sepp gut zuzureden und ihn wieder auf den rechten Weg zu bringen.

Der Oberamtmann hatte dann dem Pater versprochen, das zu tun. Später hatte die Frau Oberamtmann noch weiter nach der Unterkunft des Weiden-Joseph und den Kindern gefragt, und so war man von einem auf das andere gekommen. Zuletzt hatte der Pater auch noch von dem Schäfchen erzählt, das die Kinder gefunden hatten und das nun in seiner Pflege war.

Da kam dann auf einmal heraus, wem das verlorene Schäfchen gehörte, und daß es das Krausköpfchen war. Der Herr und die Frau Oberamtmann hatten sich sehr gefreut und den Pater beauftragt, die Kinder doch selbst mit dem Schäfchen herüber zu schicken. Und zwar am Weihnachtstag, damit sie auch einen Festabend mit einem Christbaum hätten.

Das war nun für den guten Pater eine außerordentliche Freude. Er hatte aber von dem Christbaum kein Wort gesagt, weder den Alten noch den Kindern. Und so lächelte er eben jetzt wieder ganz vergnügt im Gedanken an die Überraschung der Kinder. Und da er gern ihre fröhlichen Gesichter sehen wollte und auch die Alten noch ein wenig froh zu sehen hoffte, wanderte er jetzt noch in der Dunkelheit der Weidenhütte zu.

Als er in die Stube trat, rief die Großmutter ihm entgegen: »Gottlob, daß Ihr kommt, Vater! So bekommt man doch noch ein Wort zum Trost. Jetzt ist es schon so dunkel und die Kinder sind noch auf dem Weg und müssen ja über den Zillerbach. Ach, wenn ihnen nur auch nichts geschehen ist.«

»Nein, nein, Großmutter«, sagte der Pater mit fröhlicher Stimme, »heute wollen wir nicht mehr jammern, heute ist Freude, und der heilige Christ wacht heute besonders über die Kinder und läßt keinem ein Leid geschehen. Jetzt wollen wir uns noch etwas unterhalten, so vergeht die Zeit am besten.«

Inzwischen ließ der Sepp den Braunen so schnell traben, daß die Kinder glaubten, der Schlitten flöge dahin. Den Sepp hatte ein solches Verlangen erfaßt, wieder einmal heimzukommen, daß es ihm gar nicht schnell genug ging. Seit sechs Jahren war er nicht mehr zuhause gewesen. Und wenn er in der Fremde an die Heimat dachte, hatte er nur immer eine große Traurigkeit vor sich gesehen, wie er sie damals empfunden hatte, als Konstanze gestorben war.

Um diesen Gedanken zu entfliehen, war der Sepp dann immer noch ein wenig weiter fortgelaufen. Aber heute, seit er seine Kinder gesehen hatte, kam ihm alles anders vor. Und das Stanzeli hatte ihm so lebendig die selige Mutter vor Augen gebracht und alle die friedlichen Tage, die er mit ihr und seinen Eltern in der Weidenhütte verlebt hatte, daß er es kaum mehr erwarten konnte, die Hütte und Vater und Mutter wiederzusehen.

Jetzt hielt der Schlitten bei den Weiden. Der Sepp hob seine Kinder hinaus und warf die dicke Decke über den Braunen. Dann nahm er auf der einen Seite das Stanzeli und auf der anderen den Seppli an der Hand und trat in die Stube. Da überkam es den Sepp aber so, daß er schluchzend auf das Bett zulief und ausrief: »Mutter! Vater! Seid doch nicht mehr böse mit mir und verzeiht mir. Ich will auch alles tun, was ich kann, daß ihr noch bessere Tage seht. Ich weiß wohl, daß ihr hart arbeiten mußtet. Aber es muß, Gott helfe mir, besser werden von heute an.«

Vater und Mutter mußten weinen vor Freude, und die Mutter sagte nur immer zwischendurch: »Ach Sepp, Sepp, ist es auch möglich. Ich hätte nie glauben können, daß unser Herrgott dir das Herz so umkehren könnte. Jetzt will ich aber auch nur noch loben und danken, so lange noch ein Atem in mir ist.«

Und der Vater gab dem Sohn die Hand und sagte: »So ist's recht, Sepp, es soll auch alles verziehen und vergessen sein, und sei du uns willkommen. Jetzt sag aber auch, wie du zu den Kindern kommst und wie es mit dir steht.«

Erst mußte der Sepp dem Pater Klemens noch die Hand drücken, der mit stillvergnügtem Lächeln allem zugehört hatte. Dann erfuhren die Eltern zu ihrem Erstaunen, daß der Herr Oberamtmann den Sepp als Knecht eingestellt und ihm schon sein Roß mit dem Schlitten anvertraut hatte. Da der Hans und die Trine auf Neujahr einen eigenen Hausstand gründen wollten, so war der Platz für einen Knecht frei geworden. Und der Sepp fügte hocherfreut hinzu: »Und was für ein Platz. Ein so guter Herr, der einem zuredet wie ein Vater. Und dazu ein so schöner Lohn und so manches Kleidungsstück, das weiß ich vom Hans. Ich habe aber schon den Herrn Oberamtmann gebeten, mir nichts von meinem Lohn zu geben, daß ich nichts ausgeben kann und ihr am Ende vom Monat alles bekommen könnt. Jetzt habe ich euch noch nichts zu bringen als nur den guten Willen.«

»Der ist auch was wert, und unser Herrgott lege seinen Segen darauf. Amen«, sagte der Pater Klemens.

Der Seppli war schon lange schwerbeladen hin- und hergewandert und hatte keinen Platz und keine Aufmerksamkeit für seine Schätze gefunden. Aber jetzt konnte er an das Bett der Großmutter vordringen, und bald hatte er alles mit seinen Geschenken bedeckt. Als das Stanzeli das sah, kam es schnell herbei und breitete seine Gaben auch noch auf dem Bett aus. So schaute der Kopf der Großmutter wie mitten aus einem Jahrmarkt heraus, und sie mußte die Hände zusammenschlagen vor Verwunderung und immer wieder sagen: »Ist auch so etwas möglich.«

Als aber nun der Sepp auf einmal noch den großen Ballen hereinbrachte und auseinanderrollte, und nun drei, vier schöne, warme Bettdecken zum Vorschein kamen, da konnte die Großmutter vor Überraschung und großem Dank gar nichts mehr sagen. Aber sie hatte jetzt die Hände gefaltet und dankte gewiß im stillen Gott. Der Großvater aber hob den harten Gegenstand vom Boden auf, der aus den Bettdecken hervorgerollt war, und die Augen des Alten glänzten vor Freude. Sein einziger Wunsch war in Erfüllung gegangen. Er hielt eine nagelneue Kaffeemühle in der Hand. Nun konnte er endlich einmal wieder ein gutes Pulver bekommen und der Großmutter den Trank bereiten, wie er sein mußte.

Ein solcher Weihnachtsabend voll Glück und Freude war in der Hütte des Weiden-Joseph noch nie gefeiert worden. Der Sepp erlebte auch noch die ersehnte Freude, daß seine Kinder sich zutraulich auf ihn setzten. Der Seppli auf das eine Knie, das Stanzeli auf das andere, und jedes schaute den Vater liebevoll an. Denn als sie gesehen hatten, wie er den Großvater und die Großmutter lieb hatte, da hatten sie ihn auch lieb und merkten, daß sie zu ihm gehörten.

Nun mußte der Sepp aber auf den Rechberg zurück. Aber er wußte, daß er bald wiederkommen und jeden Sonntagnachmittag bei seinen Leuten verbringen durfte, das hatte ihm der Oberamtmann gesagt.

Als er schon im Schlitten saß und eben abfahren wollte, lief der Seppli noch einmal herbei und rief: »Vater, wart, ich muß dir noch was sagen!« Und als der Vater sich hinausbeugte, sagte der Seppli in sein Ohr: »Vater, wenn du an der Kapelle vorbeikommst, so vergiß auch nicht, hineinzugehen und zu beten. Du weißt, der liebe Gott schenkt einem dort immer etwas, man kann es zuerst nur nicht sehen, aber nachher dann schon.«

Denn der Seppli hatte gemerkt, daß alle die reichen Gaben von heute mit dem Schäfchen zusammenhingen, das ihnen der liebe Gott in der Kapelle zugeführt hatte, und er erinnerte sich, wie er sich geweigert hatte, hineinzugehen. Das wollte er aber nie mehr tun.

Zwischen dem Rechberg und Altkirch herrscht ein ständiges Kommen und Gehen. Der Sepp arbeitet als treuer und anhänglicher Knecht beim Herrn Oberamtmann und geht jeden Sonntagnachmittag nach Altkirch hinüber und bringt ein frisches, weißes Brot mit zum Kaffee. Aus der neuen Mühle schmeckt der Kaffee der Großmutter wieder so gut, daß er sie mit anderen stärkenden Mitteln, die vom Rechberg herübergeschickt werden, wieder zu neuen Kräften gebracht hat. Nun kann sie wieder selber herumwirtschaften und den Sepp in der aufgeräumten Sonntagsstube fröhlich mit dem Großvater und den Kindern empfangen.

Der Sepp freut sich die ganze Woche auf den Sonntag, und er sagt sich im stillen: »Daheim ist's doch am schönsten.«

Von Zeit zu Zeit dürfen seine Kinder ihn auch auf dem Rechberg besuchen. Dann gibt es jedesmal einen lustigen Tag für alle die Kinder zusammen, und das Krausköpfchen ist immer dabei und macht mit. Und oft, wenn Lissa es anschaute, dachte sie: »Oh, wie ist mir wieder wohl. In meinem Leben will ich kein Unrecht mehr verschweigen.«

Über tredition

Eigenes Buch veröffentlichen

tredition wurde 2006 in Hamburg gegründet und hat seither mehrere tausend Buchtitel veröffentlicht. Autoren veröffentlichen in wenigen leichten Schritten gedruckte Bücher, e-Books und audio-Books. tredition hat das Ziel, die beste und fairste Veröffentlichungsmöglichkeit für Autoren zu bieten.

tredition wurde mit der Erkenntnis gegründet, dass nur etwa jedes 200. bei Verlagen eingereichte Manuskript veröffentlicht wird. Dabei hat jedes Buch seinen Markt, also seine Leser. tredition sorgt dafür, dass für jedes Buch die Leserschaft auch erreicht wird.

Im einzigartigen Literatur-Netzwerk von tredition bieten zahlreiche Literatur-Partner (das sind Lektoren, Übersetzer, Hörbuchsprecher und Illustratoren) ihre Dienstleistung an, um Manuskripte zu verbessern oder die Vielfalt zu erhöhen. Autoren vereinbaren direkt mit den Literatur-Partnern die Konditionen ihrer Zusammenarbeit und partizipieren gemeinsam am Erfolg des Buches.

Das gesamte Verlagsprogramm von tredition ist bei allen stationären Buchhandlungen und Online-Buchhändlern wie z. B. Amazon erhältlich. e-Books stehen bei den führenden Online-Portalen (z. B. iBookstore von Apple oder Kindle von Amazon) zum Verkauf.

Einfach leicht ein Buch veröffentlichen: **www.tredition.de**

Eigene Buchreihe oder eigenen Verlag gründen

Seit 2009 bietet tredition sein Verlagskonzept auch als sogenanntes "White-Label" an. Das bedeutet, dass andere Unternehmen, Institutionen und Personen risikofrei und unkompliziert selbst zum Herausgeber von Büchern und Buchreihen unter eigener Marke werden können. tredition übernimmt dabei das komplette Herstellungs- und Distributionsrisiko.

Zahlreiche Zeitschriften-, Zeitungs- und Buchverlage, Universitäten, Forschungseinrichtungen u.v.m. nutzen diese Dienstleistung von tredition, um unter eigener Marke ohne Risiko Bücher zu verlegen.

Alle Informationen im Internet: **www.tredition.de/fuer-verlage**

tredition wurde mit mehreren Innovationspreisen ausgezeichnet, u. a. mit dem Webfuture Award und dem Innovationspreis der Buch Digitale.

tredition ist Mitglied im Börsenverein des Deutschen Buchhandels.

Dieses Werk elektronisch lesen

Dieses Werk ist Teil der Gutenberg-DE Edition DVD. Diese enthält das komplette Archiv des Projekt Gutenberg-DE. Die DVD ist im Internet erhältlich auf **http://gutenbergshop.abc.de**

FSC
www.fsc.org
MIX
Papier | Fördert
gute Waldnutzung
FSC® C083411

Zeitfracht Medien GmbH
Ferdinand-Jühlke-Straße 7
99095 Erfurt, Deutschland
produktsicherheit@kolibri360.de